Published in the United States by Xist Publishing
www.xistpublishing.com
PO Box 61593 Irvine, CA 92602
ISBN-13: 9781532404177 eISBN: 9781532404184

Nos Vamos a La Playa

Escrita por Nancy Streza
Ilustraciones de by Adam Pryce

xist Publishing

Nos vamos a la playa
Nos vamos a la playa
Hi-ho La playa
Nos vamos a la playa

Recogeremos conchas
Recogeremos conchas
Hi-ho las conchas
Recogeremos conchas

Arrastraremos algas marinas
Arrastraremos algas marinas
Hi-ho las algas
Arrastraremos algas marinas

Construiremos un castillo
Construiremos un castillo
Hi-ho castillo
Construiremos un castillo

Excavaremos una fosa
Excavaremos una fosa
Hi-ho la fosa
Excavaremos una fosa

Perseguiremos las gaviotas
Perseguiremos las gaviotas
Hi-ho gaviotas
Perseguiremos las gaviotas

Buscaremos a los cangrejos
Buscaremos a los cangrejos
Hi-ho cangrejos
Buscaremos a los cangrejos

Escalaremos en las rocas
Escalaremos en las rocas
Hi-ho las rocas
Escalaremos en las rocas

Montaremos en las olas
Montaremos en las olas
Hi-ho las olas
Montaremos en las olas

Atraparemos un pescado
Atraparemos un pescado
Hi-ho pescado
Atraparemos un pescado

Competiremos con la ola
Competiremos con la ola
Hi-ho la ola
Competiremos con la ola

Observaremos el ocaso
Observaremos el ocaso
Hi-ho el ocaso
Observaremos el ocaso

77858921R00018

Made in the USA
San Bernardino, CA
29 May 2018